이 책을 쓰고 그린 **최숙희**는 서울대학교에서 산업미술을 공부했으며, 지금은 그림책 작가로 일합니다.

전작 《너는 기적이야》에서 아이의 탄생과 성장을 지켜보며 엄마가 느끼는 감동을 전하고자 했다면,

이 책 《엄마가 화났다》에서는 엄마와 아이의 일상적 관계를 들여다보고자 했습니다.

아이는 엄마에게, 엄마는 아이에게 세상에서 가장 소중한 존재인 만큼,

어떻게 하면 서로를 더 이해하고 제대로 소통할 수 있을지 이 그림책을 통해 생각해 보고 싶었습니다.

쓰고 그린 책으로 초등학교 1학년 교과서에 실린 《괜찮아》와 《너는 기적이야》,

《열두 띠 동물 까꿍 놀이》, 《나도 나도》, 《알, 알이 123》, 《누구 그림자일까?》 들이 있습니다.

우리 작가가 쓰고 그린 우리 아이들 이야기

그림책이
참좋아 003

엄마가 화났다

ⓒ 최숙희, 2011

초판 1쇄 발행 2011년 5월 30일 | 초판 10쇄 발행 2013년 9월 17일

펴낸이 임선희 | 펴낸곳 도서출판 책읽는곰 | 출판등록 제313-2006-000250호

주소 서울시 마포구 서교동 460-14번지 2층 | 전화 02-332-2672~3 | 팩스 02-338-2672

홈페이지 www.bearbooks.co.kr | 전자우편 bearbooks@naver.com | SNS twitter@bearboook

ISBN 978-89-93242-44-7, 978-89-93242-30-0(세트)

만든이 우지영, 최현경 | 꾸민이 신수경 | 가꾸는이 박효정, 정승호, 김정이, 전일만, 김동국

함께하는 곳 | 나모에디트, 두성피앤엘, 월드페이퍼, 비송문화사, 으뜸래핑, 도서유통 천리마

이 도서의 국립중앙도서관 출판시도서목록(CIP)은 e-CIP 홈페이지(www.nl.go.kr/ecip)와 국가자료공동목록시스템(www.nl.go.kr/kolisnet)에서 이용하실 수 있습니다.(CIP제어번호: CIP2011002048)

엄마가 화났다

최숙희 글 · 그림

오늘 점심은 산이가 좋아하는 자장면이에요.
"나는 자장 괴물이다. 자장 나라를 다 먹어 치우겠다!"
그런데……
"또 시작이다, 또!
제발 가만히 앉아서 얌전히 좀 먹어."
엄마가 이맛살을 찌푸렸어요.

산이는 얼룩덜룩해진 얼굴을 깨끗이 씻기로 했어요.
비누를 만지작거리다 보니 거품이 부글부글 피어올랐어요.
"우아, 거품 나라다!"
그런데……
"이게 다 뭐야! 목욕탕에서 놀다 넘어지면
큰일 난다고 했어, 안 했어!"
엄마가 버럭 소리를 질렀어요.

산이는 가만히 앉아서 그림을 그리기로 했어요.
엄마도 그리고 산이도 그리고
강아지도 그리다 보니, 종이가 너무 작았어요.
"아, 저기다 그려야지."
그런데……
"이게 집이야, 돼지우리야!
내가 진짜 너 때문에 못 살아!"
엄마가 불같이 화를 냈어요.

산이는 가슴이 쿵쾅쿵쾅 뛰었어요.
손발이 후들후들 떨렸어요.
숨도 제대로 쉴 수 없었어요.

"엄마아아아……."

"......"

산이가 사라졌어요.
뜨거운 기운이 휩쓸고 간 뒤,
산이가 감쪽같이 사라져 버렸어요.

"산아! 산아!"
엄마는 산이를 찾아 나섰어요.
허허벌판을 지나, 높고 낮은 산을 넘어,
어느 성에 이르렀어요.
창가에 아이 그림자가 어른거렸어요.
엄마는 정신없이 성으로 달려갔어요.

"산아!"
"어, 나는 후루룩인데요.
그런데요, 우리 엄마는 나만 보면 가만히 좀 있으래요.
엄마가 가만히 있으라고 할 때마다
가슴이 너무 답답해요."
"그, 그래, 가슴이 답답하구나.
엄마가 몰라서 그랬을 거야……."
엄마는 주춤주춤 성을 빠져나왔어요.

엄마는 다시 길을 나섰어요.
높고 낮은 산을 넘어,
부글거리는 거품 호수를 건너,
또 다른 성에 이르렀어요.
누군가 창가에 서서 훌쩍이는 게 보였어요.
엄마는 조심조심 성 안으로 들어갔어요.

"산이니?"
"아닌데요, 나는 부글인데요.
그런데요, 우리 엄마는 나한테 자꾸 소리를 질러요.
엄마가 버럭 소리를 지를 때마다
내 거품이 툭툭 터져 버려요.
이러다 내가 점점 작아질 것 같아요."
"그, 그렇구나……."
엄마는 더 말을 잇지 못했어요.

엄마는 또다시 길을 나섰어요.
부글거리는 거품 호수를 건너자,
높디높은 절벽이 엄마 앞을 가로막았어요.
절벽은 그림으로 가득했어요.
어디선가 많이 본 듯한 그림이었어요.
엄마는 가파른 절벽을
엉금엉금 기어 올라갔어요.

"산아……."
"나는 산이가 아니라 얼룩인데요.
그런데요, 우리 엄마는 걸핏하면
나 때문에 못 살겠대요.
나는 엄마가 정말 정말 좋은데……."
엄마는 온몸에서 힘이 모두 빠져나가는 듯했어요.

"미안해, 엄마가 정말 미안해⋯⋯."
엄마는 털썩 주저앉아 울음을 터뜨렸어요.
그때였어요.

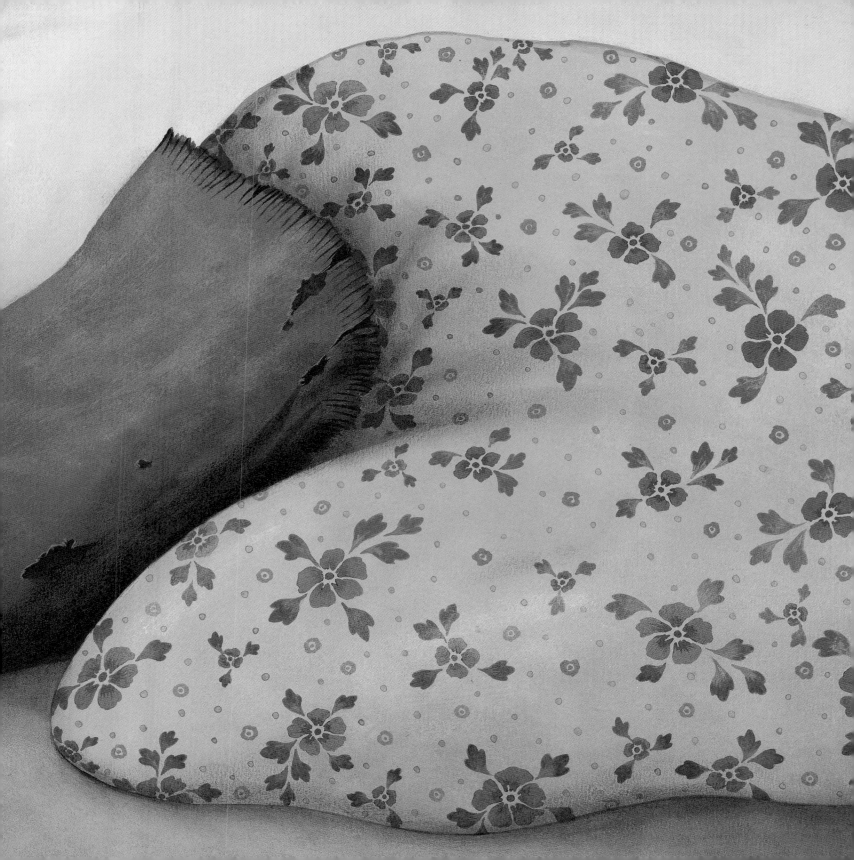

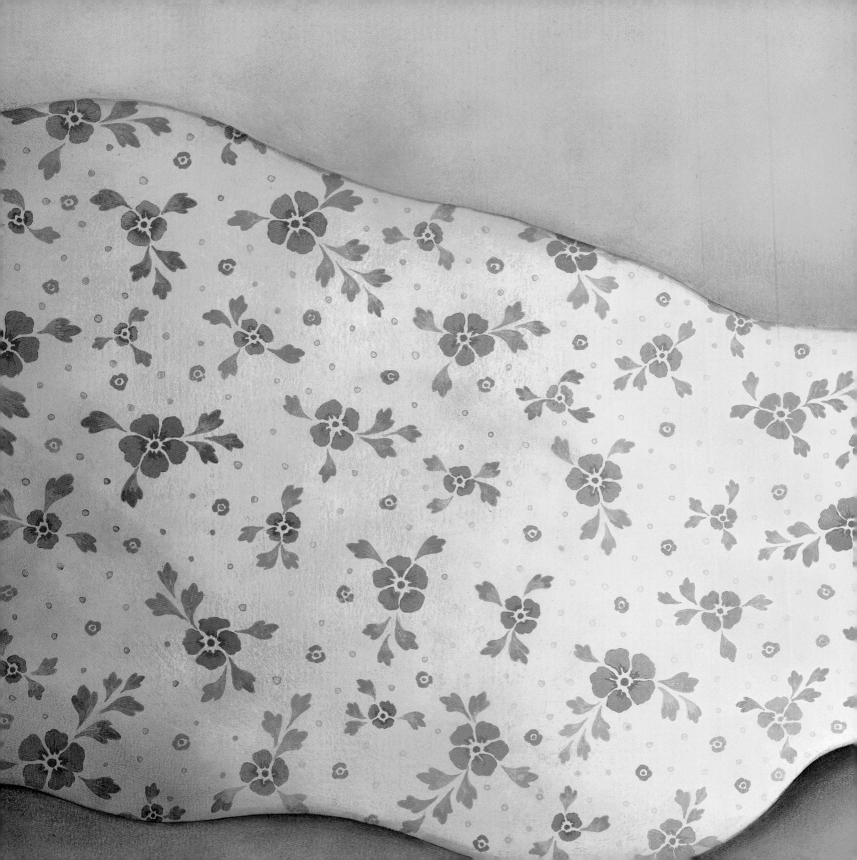

"엄마아……."
산이가 나타났어요!
감쪽같이 사라졌던 산이가 돌아왔어요.

"산아, 미안해!
사랑해, 우리 아가."

산이는 엄마를 꼭 안아 주었어요.
엄마도 산이를 꼭 안아 주었어요.

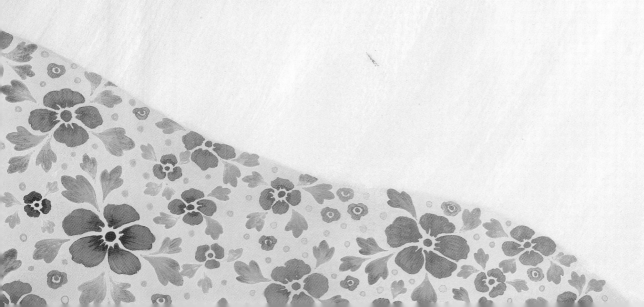